문득 사람이 흘러 온다고 느끼다 2

詩

illustration & essay
park kwang soo

目次.

끝내 하지 못한 말

언젠가 너를 다시 만난다면

당신도 나를 떠올리며 행복하기를

序文.

몇 년 전, 어머니가 치매로 쓰러지시기 전까지 나는
아버지와 어머니의 존재를 늘 당연하다고 생각했다.
그들은 부모고 나는 자식이니까,
부모가 아이를 낳았으면 응당 책임져야 하는 것이고,
자식은 원래 그런 부모에게 기대어 살아가는 법이니까 말이다.

그래서 걸핏하면 사고를 치는 아들 때문에 마음 아파하는

어머니를 보면서도, '니 인생 니가 사는 거다'라고 말씀하시면서

결국엔 아들을 믿어 주는 아버지를 보면서도,

고맙고 죄송하긴 했지만 그 마음을 밖으로 표현해 본 적이 별로 없다.

하지만 속으로는 알고 있었다.

부모님이 만약 안 계셨다면 지금의 나는 없을 거라는 사실을 말이다.

그러다 결혼을 하고 아이를 낳고, 다시 이혼을 하고 아이를 낳으며 생각했다.

이 아이들에게 나는 과연 무엇을 해 줄 수 있을까?

내가 받은 말도 안 되게 큰 부모의 사랑을

아이들에게 조금이나마 전해 줄 수 있을까?

그렇게 나는 어느 순간 내가 과연 누군가의 아버지가 될 자격이 있는

사람일까 걱정하며 하루하루를 살기 시작했다.

아이들에게 부끄럽지 않은 아버지가 된다는 건

나한테는 참 쉽지 않은 일이었다.

여전히 내 부모에게도 걱정을 끼치고 있었으니까.

그런데 어머니가 치매 판정을 받으시고 점차 나를 잊다가

결국에는 나에 대한 모든 기억을 잃어버리고,

그로 인해 아버지가 우울증을 앓으면서

어느 날 갑자기 덜컥 내 앞에 놓인 삶이 무섭다는 생각이 들었다.
언제나 부모님은 내가 잘 설 수 있게 꿋꿋이 나를 지탱해 주는
삶의 버팀목이었는데 그것을 한순간에 잃어버린 느낌이
들었기 때문이었다. 그제야 깨달았다.
마흔일곱 살을 먹고 네 아이의 아버지로 살면서도
나는 여전히 내 부모에게만큼은 어리광 피우는
철부지 어린아이이고 싶었구나.
그런데 이제는 그럴 수 없어졌고, 그 사실은 나를 슬프게 했다.
그러다 문득 복효근의 '버팀목에 대하여'라는 시를 만났고
그날 나는 엉엉 울어 버렸다.

태풍에 쓰러진 나무를 고쳐 심고
각목으로 버팀목을 세웠습니다
산 나무가 죽은 나무에 기대어 섰습니다

그렇듯 얼마간 죽음에 빚진 채 삶은
싹이 트고 다시
잔뿌리를 내립니다

꽃을 피우고 꽃잎 몇 개
뿌려주기도 하지만
버팀목은 이윽고 삭아 없어지고

큰바람 불어와도 나무는 눕지 않습니다
이제는
사라진 것이 나무를 버티고 있기 때문입니다

내가 허위허위 길 가다가
만져보면 죽은 아버지가 버팀목으로 만져지고
사라진 이웃들도 만져집니다

언젠가 누군가의 버팀목이 되기 위하여
나는 싹틔우고 꽃피우며
살아가는지도 모릅니다

누군가에게 버팀목이 된다는 것, 나는 아직도 그 깊이를 잘 모른다.
하지만 내 부모가 나한테 더없는 버팀목이 되어 준 것처럼 나도 내 아이들에게 버팀목이 되어 주고 싶다.
쉽지 않지만 그런 다짐으로 나는 오늘을 살아가고 있다.
'휴' 하고 한숨이 날 때도 있고,
참 많이 좋아하는 사람에게 상처가 되는 말을 들을 때도 있고,
돈을 번다는 게 쉽지 않은 일임을 새삼 깨달을 때도 있고,
아이들을 만나면 해 주고 싶은 말들을
차마 하지 못하고 삼켜야 할 때도 있지만
나는 꿋꿋이 오늘을 버틴다.
야구를 하는 순간만큼은 모든 것을 잊고 웃을 수 있으니까,
술을 한두 잔 걸치고 알딸딸하게 취하면
호락호락하지 않은 세상이 좋아 보이기도 하니까,
친구가 오랜만에 문자로 시원하게 욕을 곁들이며 '잘 사냐'라고 물으면
'미친 놈'이라고 문자를 보내면서도 슬며시 웃음이 나니까,
사랑하는 아내와 아이들이 웃는 모습을 보고 있노라면
바보처럼 기분이 좋아지니까 말이다.
게다가 나에 대한 기억을 잃었어도 나를 보면 알 듯 모를 듯한 표정으로
웃어 주시는 어머니와 언제나 '광수야'라고 불러 주는 아버지가
있으니까 괜찮다.

그럼에도 가슴이 헛헛해지는 외로움이 찾아올 때면 나는 시를 읽는다.

그런 날이 생각보다 많았나 보다.

『문득 사람이 그리운 날엔 시를 읽는다』를 냈음에도

당신에게 꼭 들려주고 싶은 시들이 아직도 많아서 다시 책을 내게 되었다.

내 욕심일지도 모르지만 부디 이 시들을 읽고

당신의 외로움이 조금은 사라지기를,

그래서 조금은 더 행복해지기를 바라 본다.

2015년 9월에

광수

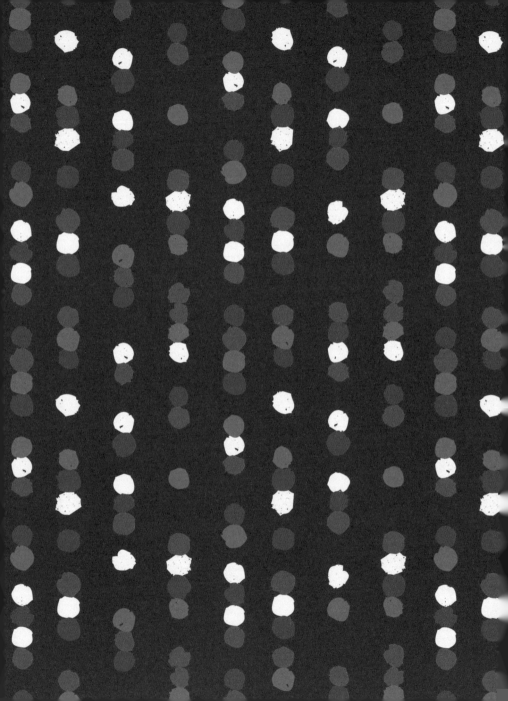

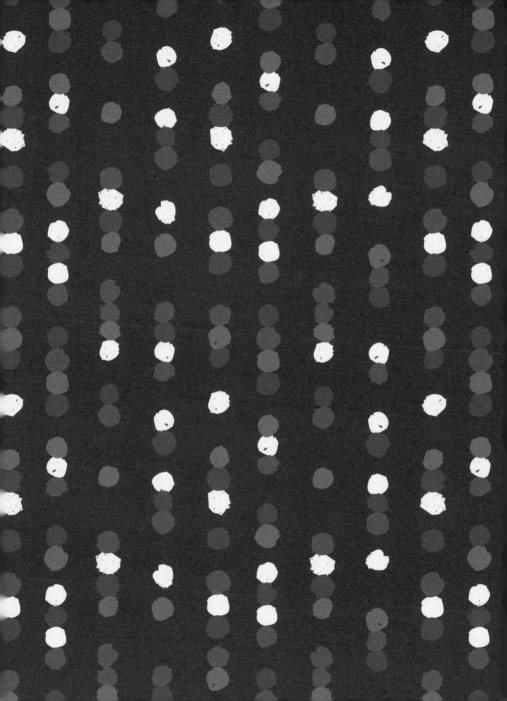

끝내

하지 못한 말

2003년 대구지하철 사고가 났을 때의 일이다.
당시 나는 일간지에 '광수생각'이란 만화를 연재하고 있었다.
내 만화가 딱히 정치색을 띠거나 사회 이슈를 다루는 것은 아니었지만
그 사고로 운명을 달리 하신 분들이 200명이 넘는 대형 참사였기에
그냥 지나치기에는 너무나 가슴이 아팠다.
사랑하는 사람을 잃은 분들에게 미약하지만 내 만화로 힘을 주고 싶었다.
어떻게 위로를 전해야 할지 막막한 며칠을 보내다 결국 3일째 되던 날
점심을 먹다 말고 서둘러 대구로 차를 몰았다.
이미 텔레비전이나 수많은 매체를 통해서 사고 현장을 접하긴 했지만
그곳에 도착해서 본 실제 현장은 내가 생각한 이상으로 참혹했다.
지하 1층은 장사를 하는 아케이트였고, 그곳을 지나쳐 지하 2층으로 내려가니
온 벽이 그을음 때문에 시커멓게 변해 있었다.
그리고 검은 벽에는 누군가가 손가락이나 그 무언가로 눌러 쓴
'그곳에서는 편하게 쉬렴', '사랑한다'등의 문구가
내 마음처럼 어지럽게 채워져 있었다.

무거운 마음을 안고 밖으로 나오니 역사 앞에 마련된 빈소가 보였다.
주위에 한가득 핀 화사한 들꽃처럼 환하게 웃고 있는 사진 속 얼굴들을 보니
나도 모르게 참았던 슬픔이 울컥 치솟았다.
나는 가까이 다가가 영정 사진 앞에 놓인 편지들을 하나하나 읽어 보았다.
엄마가 아들에게, 아들이 아버지에게, 딸이 엄마에게 쓴 마지막 편지들이었다.
그러다 내 눈에 들어온 사연 하나가 나를 얼어붙게 만들었다.
'나 방금 대구에 도착했어. 조금 있으면 사랑하는 자기를 만날 수 있어'
서울에 사는 남자가 대구에 사는 여자 친구를 만나러 내려왔다가
지하철 안에서 남긴 마지막 문자였다. 그는 분명 곧 여자 친구를 만난다는
생각에 많이 들떠 있었으리라. 하지만 그것이 마지막일 줄은 몰랐을 것이다.
만약 그가 자신의 마지막을 알았더라면 여자 친구에게 무슨 말을 했을까?

아마도 그때부터였던 것 같다.
좋아한다는 말, 사랑한다는 말, 고맙다는 말을
절대 미루지 말아야겠다고 생각한 게 말이다.

하지만 막상 일상으로 돌아와 그 말들을 전하려니까 쉽지 않았다.
뭔가 낯간지럽고 쑥스러운 마음에 번번이 그 말을
해야 할 타이밍을 놓쳐 버렸다.
그중에서도 가장 어려웠던 건 아버지에게 내 마음을 전하는 거였다.

여태껏 나는 아버지에게 '사랑한다'는 표현을 직접 해 본 적이 단 한 번도 없었다.
6.25 때 부모님을 모두 잃고 혈혈단신으로 아내와 4명의 아이를 키우며
자수성가한 아버지는 그 시대 아버지들이 으레 그렇듯 많이 바빴고,
성격이 불같았으며, 권위적이었고, 가정을 등한시했으며
무엇보다 어머니를 외롭게 만들었다.
그래서 어린 시절 나는 아버지가 많이 미웠다.
어머니를 힘들게 하는 모습을 보며
아버지가 사라졌으면 좋겠다는 나쁜 생각을 한 적도 있다.
그런데 아이러니하게도 사형제 중 아버지를 가장 많이 닮은 게 나란다.
형제들은 술을 못 마시는데 나는 아버지를 닮아 술을 잘 마신다.
성격도 아버지를 빼다 박았다.
아버지를 싫어했지만 아버지를 가장 많이 닮은 나는 내가 싫었다.

하지만 파란만장한 이삼십 대를 겪으며 아버지를 차츰 이해하게 되었고
어느 순간 많이 늙어 버린 아버지를 볼 때마다 가슴 한 켠이 아파 오기도 했다.
그래서 어느 날인가 베란다에서 혼자 담배를 피우고 있는 아버지의 뒷모습을
바라보다가 큰 용기를 내어 다가갔다. 아버지를 뒤에서 안아 드리며
'사랑합니다'라고 말하고 싶었다. 결국 살짝 안아 드리는 것까지는
성공했는데 사랑한다는 말은 좀처럼 입 밖으로 나오지 않았다.
아버지는 포옹만으로도 깜짝 놀라 어쩔 줄을 모르셨고
당황한 나는 금세 팔을 풀고 아무 일도 없었던 것처럼 딴청을 피웠다.
그 아버지에 그 아들 아니랄까 봐 말이다.
그런데 나중에 엄마한테 들으니 아버지가 친구분들을 만나
아들이 나를 안아 줬다고 그렇게나 자랑을 하셨단다.

그러나 사랑한다는 말을 직접 전하지 못한 나는 어떻게든 그 말을 하고 싶었다.
그러다 다시 용기를 낸 건 3년 전 어머니가 완전히 기억을 잃어버리고
아버지가 우울증을 앓고 있을 때였다. 그날도 어느 날처럼 아내와 함께
아버지 집에 들러 밥을 먹고 나오다가 엘리베이터 앞에서 아버지에게 말했다.
"아버지 사랑해요, 무슨 일 있으면 전화 주세요."라고 말이다.
긴장을 해서인지 많이 떨렸고, 쑥스러웠지만
나는 오랜만에 가슴이 벅차오르는 느낌을 받았다.
그 말을 하는데 47년이 걸릴 줄은 미처 몰랐지만 하고 나니
스스로 잘했다는 생각이 들기도 했다.
뭐 그리 어려운 말이라고 그 한마디를 하기가 그렇게 힘들었을까.

누구에게나 끝내 하지 못한 말이 있다.
너무 서툴러서 전하지 못한 말,
사랑하면서도 서로 상처 주느라 미처 하지 못한 말,
상대방이 나한테 먼저 할 때까지 절대 하지 않겠다던 그 말,
내 상처가 너무 커서 거기에 신경 쓰느라 끝내 전하지 못한 말들은
결국 후회로 남는다.

후회하지 않기 위해 필요한 것은 용기다.
더 늦기 전에 온 마음을 다해 그 말을 전해야 하는 것이다.
그래서 오늘도 나는 연습 중이다.
그때그때 내가 전하고픈 진심을 숨기지 않고
상대방에게 보여 주는 연습 말이다.
비록 아버지에게 '사랑한다'는 말을 하는 데는 47년이나 걸렸지만
나는 믿는다. 처음이니까 서툴러서 그만큼 세월이 오래 걸린 거라고,
다시 그 말을 전할 때는 그만큼 걸리지 않을 거라고.

처음엔 당신의 착한 구두를 사랑했습니다

처음엔 당신의 착한 구두를 사랑했습니다
그러다 그 안에 숨겨진 발도 사랑하게 되었습니다
다리도 발 못지않게 사랑스럽다는 걸 알게 되었습니다
어느 날 당신의 머리까지
그 머리를 감싼 곱슬머리까지 사랑하게 되었습니다

당신은 저의 어디부터 시작했나요
삐딱하게 눌러 쓴 모자였나요
약간 휘어진 새끼손가락이었나요
지금 당신은 저의 어디까지 사랑하나요
몇 번째 발가락에 이르렀나요
혹시 제 가슴에만 머물러 있는 건 아닌가요
대답하지 않으셔도 됩니다 제가 그러했듯이
당신도 언젠가 모든 걸 사랑하게 될 테니까요

구두에서 머리카락까지 모두 사랑한다면
당신에 대한 저의 사랑은 더 이상 갈 곳이 없는 것 아니냐고요
이제 끝난 게 아니냐고요 아닙니다
처음엔 당신의 구두를 사랑했습니다
이제는 당신의 구두가 가는 곳과
손길이 닿은 곳을 사랑하기 시작합니다
언제나 시작입니다

_ 성미정

비단길 1

깊은 내륙에 먼 바다가 밀려오듯이
그렇게 당신은 내게 오셨습니다
깊은 밤 찾아온 낯선 꿈이 가듯이
그렇게 당신은 떠나가셨습니다

어느 날 몹시 파랑치던 물결이 멎고
그 아래 돋아난
고요한 나무 그림자처럼
당신을 닮은 그리움이 생겨났습니다
다시 바람 불고 물결 몹시 파랑쳐도
여간해 지워지지 않았습니다

_ 이성복

너는 내게 너무 깊이 들어왔다

어깨에 기대어 재잘대던,
가슴속으로 끝없이 파고들 것만 같던
너를 보내고
홀로 텅 빈 옛 절터에 왔다
날이 흐리고 바람 불어
더 춥고 더 황량하다
경기도의 끝, 강원도의 어귀,
충청도의 언저리를 적시고 흐르는
남한강 줄기 따라 드문드문 자리 잡은
사지의 옛 기억은 창망하다

숨 쉴 때마다 네 숨결이,
걸을 때마다 네 그림자가 드리운다
너를 보내고
폐사지 이끼 낀 돌계단에 주저앉아

더 이상 아무것도 아닌 내가
운다
아무것도 할 수 없는 내가
소리 내어 운다
떨쳐낼 수 없는 무엇을
애써 삼키며 흐느낀다
아무래도 너는 내게 너무 깊이 들어왔다

늙은 느티나무 한 그루 홀로 지키는 빈 절터
당간지주에 바람도 머물지 못하고 떠돈다

_ 곽효환

겨울 사랑

눈송이처럼 너에게 가고 싶다

머뭇거리지 말고

서성대지 말고

숨기지 말고

그냥 네 하얀 생애 속에 뛰어들어

따스한 겨울이 되고 싶다

천년 백설이 되고 싶다

_ 문정희

당신을 사랑했습니다

당신을 사랑했습니다.
그 사랑은 아직도
내 마음속에서 뜨겁게 타오르고 있습니다.

하지만 내 사랑으로 인해
더 이상 당신을 괴롭히지는 않겠습니다.
슬퍼하는 당신의 모습을
절대 보고 싶지 않으니까요.

말없이,
그리고 희망도 없이
당신을 사랑했습니다.

때론 두려워서,
때론 질투심에 괴로워하며

오로지 당신을 깊이 사랑했습니다.

부디 다른 사람도
나처럼 당신을 사랑하길 기도하겠습니다.

_ 알렉산드르 푸시킨

농담

문득 아름다운 것과 마주쳤을 때
지금 곁에 있으면 얼마나 좋을까 하고
떠오르는 얼굴이 있다면 그대는
사랑하고 있는 것이다

그윽한 풍경이나
제대로 맛을 낸 음식 앞에서
아무도 생각하지 않는 사람
그 사람은 정말 강하거나
아니면 진짜 외로운 사람이다

종소리를 더 멀리 내보내기 위하여
종은 더 아파야 한다

_ 이문재

그대 안에서 살기를 원합니다

그대가 있기에
나는 사랑으로부터 도망치기를 멈추었고
더 이상 내 자신 속에서만 살기를 원치 않으며
그대 안에서 살기를 원합니다.
그대의 말에 화답하고
또한 내 말에 대한 그대의 화답을 통해

나는 성숙해 갈 것입니다.
그대를 내 삶 속에서 결코 내보내고 싶지 않습니다.
그대를 만난 것이
이제까지 내게 일어난 일 가운데
가장 좋은 일이니까요.

_ 에드워드 오브라니스

그리울 땐 그립다고 말하렵니다

외로울 때
외롭다고 말하고 싶습니다.
그대가 내게 가르쳐 준 것처럼

사랑할 때
사랑한다고 말하고
그리울 때
보고 싶다 말하자고 했던 것처럼
외로울 때
외롭다고 말하고 싶습니다.

그리울 때
그립다고 말하고 싶습니다.
그대가 내게 가르쳐 준 것처럼
그리움이 더 큰 상처가 되지 않게 하기 위하여

그리울 때 그립다고 말하고 싶습니다.

외로울 때 외롭다고 말을 하고
그리울 때 그립다고 말을 한다면
정녕 사랑할 때 우린
아무런 말도 필요치 않을 것입니다.

_ K. 리들리

손

꼬옥
쥐고 있던 손을
펴 보았다.

펴 보았지만
아무것도
없었다.

꼬옥
손을 쥐게 한 것은
외로움이다.

그것을 다시
펴게 한 것도
외로움이다.

_ 야마무라 보쵸

사랑의 물리학
상대성원리

나는 정류장에 서 있고,
정작 떠나보내지 못한 것은
내 마음이었다
안녕이라고 말하던
당신의 일 분이
내겐 한 시간 같았다고
말하고 싶지 않았다
생의 어느 지점에서 다시
만나게 되더라도 당신은
날 알아볼 수 없으리라
늙고 지친 사랑
이 빠진 턱 우물거리며
폐지 같은 기억들
차곡차곡 저녁 살강에
모으고 있을 것이다

하필,
지구라는 정류장에서 만나
사랑을 하고
한시절
지지 않는 얼룩처럼
불편하게 살다가
어느 순간
울게 되었듯이,
밤의 정전 같은
이별은 그렇게
느닷없이 찾아온다

_ 박후기

아침

고향에 돌아와
아침을 먹는다

아침을 적게 먹는 것은
내 오래된 습관

투정을 부리자
어머니가 말씀하신다

많이 담아야 밥은
빨리 식지 않는다고

어머니는 알고
나는 모르는 사랑이
아직 있다

_ 하상만

이모에게 가는 길

미금농협 앞에서 버스를 내려
작은 육교를 건너면
직업병으로 시달리다가 공원도 공장주도 던져버린 흉물 공장
창마다 검게 구멍이 뚫린 원진레이온 건물이 나올 것이다
그 앞에서 마을버스를 타고

젊은 버스 기사와 야한 차림의 십대 아가씨의
푹 익은 대화를 들으며
종점까지 시골길 골목을 가야 한다
거기서 내려 세 집을 건너가면
옛날엔 대갓집이었다는 낡은 한옥이 나오고
문간에서 팔순이 된 이모가 반겨줄 것이다
전에는 청량리역까지 마중을 나왔고
몇 달 전에는 종점까지 마중을 나왔지만
이제 이모는 다리가 아파 문간까지밖에 못 나오실 것이다
아이고 내 새끼 하고 이모는 말하고 싶겠지만

이제 푹 삭은 나이가 된 조카가 싫어할까봐

아이고 교수님 바쁜데 웬일일까라고 하실 것이다

사실 언제나 바쁠 것 하나 없는데다가 방학인데도

이모는 바쁘다는 자손들에게 미리 기가 죽어 있기 때문에 그렇게 말하실 것이다

이모는 오후 세시이지만 텅 빈 집에서 혼자 밥을 먹기 싫었기 때문에

아직 식사를 하지 않았다고 하면서 무언가 먹이려 하실 것이다

하지만 눈어둡고 귀어둡고 가게도 먼 지금동 마을에서

이모가 차린 밥상은 구미에 맞지 않을 것이다

씻은 그릇에 밥알도 간혹 묻어 있을 것이다

그래서 나는 사 가지고 온 과자나 과일이나 약 따위를 늘어놓으며

먹은 지 얼마 안되어 먹고 싶지 않다고 할 것이다

이모는 아직 하얗고 아담한 다리를 펴 보이며

다리가 이렇게 감각이 없어져서 걱정이라고 하실 것이다

그래서 텃밭에 갔다가 넘어져서 몇 달 고생도 했다고 하실 것이다

트럼펫처럼 잘 울리는 웃음소리를 가진
아이 둘을 한꺼번에 끌어안고 젖을 먹일 만큼 좋은 젖가슴을 가졌던 이모
아이들 원하는 것은 무엇이든 하게 하던 이모
이모의 젖을 먹지 않고 큰 아이는 이 집안에 없었다
이제 이모는 귀가 잘 안 들리기 때문에
젊은 아이들에게 지청구를 먹을까봐 이야기를 걸어도 머뭇거리신다
그냥 아이구 그래 대견도 하지라고 하실 뿐이다

지어 온 한약을 내놓고 한 시간이 지나면
나는 여섯시 이십분 기차니까 지금 가야 해요라고 할 것이다
그러면 이모는 아이구 그래 차 시간 넉넉히 가야지라고 하실 것이다
텃밭에 심었던 정구지 한 묶음하고
내가 사 간 복숭아를 몇 알 도로 싸주실 것이다
그러고도 뭘 또 줄 게 없을까 해서
명절날 들어온 미원이니 참치 통조림이니 비누 따위를 주섬주섬 찾으실 것이다

꼬꼬엄마 그럼 잘 있어요라고 하면서
나는 나도 모르게 이모의 뺨에 내 뺨을 부빌 것이다
그러면 이모는 감동해서 역시 내 새끼였지라고 좋아하실 것이다
마당에 이만큼 나선 나에게
마을버스 시간에 맞추어야지 서둘러라라고 하면서도
어디 한번 더 안아보자 하실 것이다
나는 어렸을 때처럼 두 팔로 푸짐한 이모의 가슴을 껴안고
이모의 뺨에 내 뺨을 꼬옥 대볼 것이다
이모는 속으로 이 새끼를 이제 못 볼지도 모른다라고 생각했을지도 모른다
나는 속없이 마을버스를 놓칠까봐 뛰어나오고
세 집을 건너 뛰어가면
마을버스가 모퉁이를 돌아설 것이다

버스를 타고 가며 나는 자꾸만 눈언저리를 닦을 것이다
노인네 혼자 빈 집에 남겨져

젊은 애들한테 방해나 되게 너무 오래 사는 것 아닌가 하면서
잘 펴지지 않는 다리를 조심스레 움직여보면서
혼자 오래 걸려 방으로 돌아가실 것을 생각하면서
우는 나를 마을버스 기사가 의아하게 거울 속으로 바라볼 것이다
사실 여기까지 오면서 번잡한 길에서 느꼈던 짜증이 부끄럽고
사람이 늙는다는 게 슬프고 무서워서
다시는 살아 있는 이모를 만나지 못할까 무서워서
나는 더 운다 원진레이온 앞에 올 때까지 십분이 못되는 시간을

그리고 눈물에 깨끗이 씻겨서
이모가 길러주었던
일곱살짜리 갈래머리 계집애가 되어
청량리역 가는 버스를 탈 것이다
세상에 꿈도 많고 고집도 세었던
제일 귀염 받던 곱슬머리 계집애가 되어서.

_ 양애경

어느 날 하느님이

어느 날
하느님이 물으셨다
꽃아 너는 피고 싶으냐
예
그럼요
하느님이 또 물으셨다
한번 피면
져야 하는데도?
예
그래도요
지면 다시 못 피는데도?
예
그래도요

_ 박의상

나를 멈추게 하는 것들
속도에 대한 명상 13

보도 블록 틈에 핀 씀바귀꽃 한 포기가 나를 멈추게 한다

어쩌다 서울 하늘을 선회하는 제비 한두 마리가 나를 멈추게 한다

육교 아래 봄볕에 탄 까만 얼굴로 도라지를 다듬는 할머니의 옆모습이
나를 멈추게 한다

굽은 허리로 실업자 아들을 배웅하다 돌아서는 어머니의 뒷모습은 나를
멈추게 한다

나는 언제나 나를 멈추게 한 힘으로 다시 걷는다

_ 반칠환

아말피의 밤 노래

별들이 빛나는 하늘에게 물었네
내 사랑에게 무엇을 주어야 할지.
하늘은 내게 침묵으로 대답했네,
위로부터의 침묵으로.

어두워진 바다에게 물었네
저 아래 어부들이 지나가는 바다에게.
바다는 내게 침묵으로 대답했네,
아래로부터의 침묵으로.

나는 울음을 줄 수 있고
노래도 줄 수 있는데
하지만 어떻게 침묵을 줄 수 있을까.
나의 전 생애가 담긴 침묵을.

_ 사라 티즈데일

지평선

그녀의 하얀 팔이
내 지평선의 전부였다.

_ 막스 자콥

백년(百年)

와병 중인 당신을 두고 어두운 술집에 와 빈 의자처럼 쓸쓸히 술을 마셨네

내가 그대에게 하는 말은 다 건네지 못한 후략의 말

그제는 하얀 앵두꽃이 와 내 곁에서 지고
오늘은 왕버들이 한 이랑 한 이랑의 새잎을 들고 푸르게 공중을 흔들어 보였네

단골 술집에 와 오늘 우연히 시렁에 쌓인 베개들을 올려보았네
연지처럼 붉은 실로 꼼꼼하게 바느질해놓은 백년이라는 글씨

저 백년을 함께 베고 살다 간 사랑은 누구였을까
병이 오고, 끙끙 앓고, 붉은 알몸으로도 뜨겁게 껴안자던 백년

등을 대고 나란히 눕던, 당신의 등을 쓰다듬던 그 백년이라는 말

강물처럼 누워 서로서로 흘러가자던 백년이라는 말

와병 중인 당신을 두고 어두운 술집에 와 하루를 울었네

_문태준

58

너에게 쓴다

꽃이 피었다고 너에게 쓰고
꽃이 졌다고 너에게 쓴다.
너에게 쓴 마음이
벌써 길이 되었다.
길 위에서 신발 하나 먼저 다 닳았다.

꽃 진 자리에 잎 피었다 너에게 쓰고
잎 진 자리에 새가 앉았다 너에게 쓴다.
너에게 쓴 마음이
벌써 내 일생이 되었다.
마침내는 내 생 풍화되었다.

 _ 천양희

섬

네 곁에 오래 머물고 싶어

안경을 두고 왔다

나직한 목소리로

늙은 시인의 사랑 얘기 들려주고 싶어

쥐 오줌 얼룩진 절판 시집을 두고 왔다

새로 산 우산도

밤색 스웨터도 두고 왔다

떠나야 한다는 걸 알면서도

그 날을 몰라

거기

나를 두고 왔다

_ 손세실리아

푸른 밤

너에게로 가지 않으려고 미친 듯 걸었던
그 무수한 길도
실은 네게로 향한 것이었다

까마득한 밤길을 혼자 걸어갈 때에도
내 응시에 날아간 별은
네 머리 위에서 반짝였을 것이고
내 한숨과 입김에 꽃들은
네게로 몸을 기울여 흔들렸을 것이다

사랑에서 치욕으로,
다시 치욕에서 사랑으로,
하루에도 몇 번씩 네게로 드리웠던 두레박

그러나 매양 퍼 올린 것은

수만 갈래의 길이었을 따름이다
은하수의 한 별이 또 하나의 별을 찾아가는
그 수만의 길을 나는 걷고 있는 것이다.

나의 생애는
모든 지름길을 돌아서
네게로 난 단 하나의 에움길이었다

_ 나희덕

교대역에서

3호선 교대역에서 2호선 전철로
갈아타려면 환승객들 북적대는 지하
통행로와 가파른 계단을 한참
오르내려야 한다 바로 그 와중에
그와 마주쳤다 반세기 만이었다
머리만 세었을 뿐 얼굴은 금방 알아볼 수
있었다 그러나 서로 바쁜 길이라 잠깐
악수만 나누고 헤어졌다 그것이
마지막이었다 다시는 만날 수
없었다 그와 나는 모두
서울에 살고 있지만

_ 김광규

청어를 굽다 2

저녁 식탁 위에서
마음의 지느러미 달고
바다로 돌아간 청어 한 마리처럼
어제 띄운 화해의 긴 편지
그대가 사는 번지를 잘 찾아갔는지
어쩌면 나에게
말의 가시가 더 많았는지
가시를 감추어둔 나의 말이
그대 목구멍에 상처를 남겼는지
다시 청어를 구우며
서툴게 발음해 보는 용서와 화해
내 말 속에 가시를 걷어내고
그대 가시 속에 숨은 말을 찾아
싱싱한 소금을 뿌린다

_ 전다형

코트

때로 내 소원은
당신을 벗어 던지는 것
마치 무거운 코트처럼.

때로 난 말했지
당신 때문에 나
숨 쉴 수도 없고, 움직일 수도 없다고.

이제 나 자유로워
가벼운 옷도 고르고
아무것도 고르지 않기도 하는데

추위 느끼며
언제나 생각하지
예전엔 얼마나 따뜻했던가.

_ 비키 피버

슬프다

이 시간이면
올 사람이 왔겠다 생각하니
슬프다.
갈 사람이 갔겠다 생각해도
슬플 것이다.
(왜 그런지)
그 모오든 완결이
슬프다.

_ 정현종

늙은 어머니의 발톱을 깎아드리며

작은 발을 쥐고 발톱 깎아드린다
일흔다섯 해 전에 불었던 된바람은
내 어머니의 첫 울음소리 기억하리라
이웃집에서도 들었다는 뜨거운 울음소리

이 발로 아장아장
걸음마를 한 적이 있었단 말인가
이 발로 폴짝폴짝
고무줄놀이를 한 적이 있었단 말인가
뼈마디를 덮은 살가죽
쪼글쪼글하기가 가뭄못자리 같다
굳은살이 덮인 발바닥
딱딱하기가 거북이 등 같다

발톱 깎을 힘이 없는

늙은 어머니의 발톱을 깎아드린다
가만히 계셔요 어머니
잘못하면 다쳐요
어느 날부터 말을 잃어버린 어머니
고개를 끄덕이다 내 머리카락을 만진다
나 역시 말을 잃고 가만히 있으니
한쪽 팔로 내 머리를 감싸 안는다

맞닿은 창문이
온몸 흔들며 몸부림치는 날
어머니에게 안기어
일흔다섯 해 동안의 된바람 소리 듣는다

_ 이승하

숲

숲에 가 보니 나무들은

제가끔 서 있더군

제가끔 서 있어도 나무들은

숲이었어

광화문 지하도를 지나며

숱한 사람들이 만나지만

왜 그들은 숲이 아닌가

이 메마른 땅을 외롭게 지나치며

낯선 그대와 만날 때

그대와 나는 왜

숲이 아닌가

_ 정희성

선운사에서

꽃이
피는 건 힘들어도
지는 건 잠깐이더군
골고루 쳐다볼 틈 없이
님 한번 생각할 틈 없이
아주 잠깐이더군

그대가 처음
내 속에 피어날 때처럼
잊는 것 또한 그렇게
순간이면 좋겠네

멀리서 웃는 그대여
산 넘어 가는 그대여

꽃이
지는 건 쉬워도
잊는 건 한참이더군
영영 한참이더군

_ 최영미

첫사랑

나를 생각하면
꽁꽁 언 네 마음에 싹이 돋는다 했지

한술 더 떠, 나는
꽃까지 피었다 했어

네 생각하다 보니
수없이 꽃이 지고
그리움만 열렸는데

내 마음 받아줄 너는
지금 너는 어디에 살고 있는지

_ 윤보영

별 2

가장 먼 거리에서 아름다운 이가 있다
텅 빈 공간에서도 떠오르는 얼굴이 있다

우리가 사는 날까지 소리쳐도
대답 없지만,
눈감으면 다가서는 사람 있다

_ 김완하

반올림
수림이에게

아빠는 마음이 가난하여 평생 가난하였다
눈이 맑은 아이들아
너희는 마음이 부자니 부자다
엄마도 마음이 따뜻하니 부자다
넷 중에 셋이 부자니
우린 부자다

_ 박철

인연

오늘은 특별한 날이라고
자장면집 한켠에서 짬뽕을 먹는 남녀
해물 건더기가 나오자 서로 건져 주며
웃는다 옆에서 앵앵거리는 아이의 입에도
한 젓가락 넣어 주었다
면을 훔쳐 올리는 솜씨가 닮았다

_ 최영철

젊은 시인에게 주는 충고

마음속의 풀리지 않는 모든 문제들에 대해
인내를 가지라.
문제 그 자체를 사랑하라.
지금 당장 해답을 얻으려 하지 말라.
그건 지금 당장 주어질 순 없으니까.
중요한 건
모든 것을 살아 보는 일이다.
지금 그 문제들을 살라.
그러면 언젠가 먼 미래에
자신도 알지 못하는 사이에
삶이 너에게 해답을 가져다줄 테니까.

_ 라이너 마리아 릴케

멀리서 가까이서 쓴다

멀리서 가까이서,
쓴다 사는 일도 어쩌면 그렇게
덧없고 덧없는지
후두둑 눈물처럼 연보라 오동꽃들,
진다 덧없다 덧없이 진다
이를 악물어도 소용없다

모진 바람 불고 비,
밤비 내리는지 처마끝 낙숫물 소리
잎 진 저문 날의 가을숲 같다
여전하다 세상은
이 산중, 아침이면 봄비를 맞은 꽃들 한창이겠다

하릴없다
지는 줄 알면서도 꽃들 피어난다

어쩌랴, 목숨 지기 전엔 이 지상에서 기다려야 할
그리움 남아 있는데 멀리서,
가까이서 쓴다
너에게, 쓴다

_ 박남준

언젠가 너를

다시 만난다면

어릴 적 길을 잃어버린 적이 있었다.
중학교 1학년 때였다.
수유중학교에서 1학기를 마치고
능동이란 곳으로 이사를 가게 되었는데 전학 절차가 늦어져
제법 긴 시간을 수유리까지 버스를 타고 통학해야 했다.
처음에는 아직 중학생인 내가 불안했던지
아버지가 나를 학교까지 차로 태워다 주셨다.
그러나 얼마 지나지 않아 버스 노선을 알려줄 테니
혼자 가보라고 하셨다.

용기를 내어 아버지와 엄마가 알려주신 대로 버스를 타긴 했는데
하필이면 그날따라 고등학생 형들과 아저씨들로
버스는 초만원이었다.

이제 갓 중학생이 된 나는 키가 참 작았던 터라
사람들 틈바구니에서 손잡이를 잡고 서 있기도 힘들었지만
창밖을 주시하며 내릴 데를 놓치지 않으려고 애썼다.
그런데 막상 내려야 할 곳에 도착하니 사람들이 너무 많아
도저히 내릴 수가 없었다. 숫기가 없었던 나는
기어들어 가는 목소리로 '아저씨 저 내려요.'라고 외쳐 봤지만 소용없었다.
내 소리를 집어삼킨 버스는 그냥 출발해 버렸고
겨우 정신을 차리고 내린 곳은 내가 내려야 할 곳에서
이미 서너 정거장이나 지나친 뒤였다.

나는 처음 보는 동네 풍경에 어쩔 줄을 몰라 당황했다.
그리고 너무 멀리 와 버린 것 같은 느낌에 더럭 겁이 나 엉엉 울기 시작했다.
다행히 근처를 지나가던 아줌마가 왜 그러냐고 내게 물었고,
나는 대답 반 울음 반으로 그날 나의 인생 역정을 일러바치듯 이야기했다.
내 이야기가 끝나자 아줌마는 빙긋 웃고는 내 손을 잡았다.
그때 처음으로 누군가의 손이 그렇게 큰 위로가 된다는 것을 알게 됐다.

아줌마의 손에 이끌려 공중전화 박스로 가 집에 전화를 했고
다행히 집에 계셨던 엄마가 부랴부랴 택시를 타고 나를 데리러 오셨다.
그때까지도 내 손을 놓지 않고 꼭 붙잡고 있던 친절한 아줌마에게
엄마는 백번쯤 머리를 조아리며 감사의 인사를 했다.
나는 엄마에게 몇 대 쥐어박히며 택시를 타고 아무 일도 없었다는 듯이
다시 학교로 갔다. 그 뒤로 길을 잃은 적은 없지만
아직도 그때 텅 빈 버스 정류장과 낯선 동네 풍경을 떠올리면
다시금 두려움이 몰려온다. 그만큼 나는 겁쟁이였다.
중학교 1학년 정도면 스스로 학교를 찾아갔어야 했는데 엉엉 울며 엄마에게
전화를 하는 꼴이라니. 지금 생각해 봐도 참으로 창피한 기억이다.

그토록 소심한 겁쟁이였으니 나이를 먹어도 세상은 늘 낯설고 불안하고 힘들었다.
내 마음대로 되는 일보다 안 되는 일이 더 많았고, 아무리 노력해도
실패로 끝나는 일도 많았다. 중학교 졸업 막판에 어리석은 말썽을 일으켜
무기정학을 당하기도 했고, 대학교는 재수를 해서 들어갔다.
남들은 한 번에 다 딴다는 운전면허도 나는 2년이나 걸렸다.
필기는 2번, 실기는 10번이나 떨어지면서 정말 동네 창피해 죽는 줄 알았다.
그래도 나름 열심히 살았고 그 덕분에 잘나갈 때도 있었는데
이혼을 하고 또다시 길을 잃었다.
세상 사람들이 모두 나를 욕하고 손가락질하고 있다고 느낄 때,
그렇게 혼자 막막함을 안고 어디선가 길을 헤매고 있을 때

나에게 손을 내밀어 준 사람들이 있었다.
밥은 먹고 다니냐며 늘 나를 걱정해 준 어머니,
술 사주겠다고 찾아온 친구들, 괜찮냐고 물어봐 주는 형제들,
내가 불편할까 봐 아무것도 묻지 않아 준 사람들이 내 곁에 있었다.
나는 그들 덕분에 다시금 내 인생의 길을 찾을 수 있었다.
그들이 있어 많이 외롭지 않았고, 그들이 있어 다시 웃을 수 있었다.

그래서 언젠가 다시 당신을 만난다면 나는 당신에게 말할 수 있을 것 같다.
길을 잃어버리는 걸 너무 두려워하지 말라고, 정신없이 살다가
삶의 한가운데서 길을 잃어도 다시금 길을 찾을 수 있을 거라고,
다만 당신이 마음껏 방황할 수 있도록 지켜봐 주는 사람들이 있으며
그 속에 나도 있음을 잊지 말라고,
그러니 당신은 결코 혼자가 아니라고 말이다.

밤기차

칠흑 같은 밤 그대에게 가는 길
이마에 불 밝히고 달리는 것은
길을 몰라서가 아니라
멀리서 기다리는 그대에게
쓸쓸하지 말라고
쓸쓸하지 말라고
내 사랑 별빛으로 먼저 보내는 것이다.

_ 안상학

지금 하십시오

할 일이 생각나거든 지금 하십시오.
오늘 하늘은 맑지만,
내일은 구름이 보일지도 모릅니다.
어제는 이미 당신의 것이 아니니
지금 하십시오.

친절한 말 한마디가 생각나거든
지금 말하십시오.
내일은 당신의 것이 아닐지도 모릅니다.
사랑하는 사람이
언제나 곁에 있지는 않습니다.
사랑의 말이 있다면 지금 하십시오.

미소를 짓고 싶다면 지금 웃어 주십시오.
당신의 친구가 떠나기 전에

장미가 피고 가슴이 설렐 때,
지금 당신의 미소를 주십시오.

불러야 할 노래가 있다면
지금 부르십시오.
당신의 해가 저물면
노래 부르기엔 너무나 늦습니다.
당신의 노래를
지금 부르십시오.

_ 찰스 스펄전

아이에게

하고 싶은 일 하며 살아라
사람의 한 생 잠깐이다
돈 많이 벌지 마라
썩는 내음 견디지 못하리라

물가에 모래성 쌓다 말고 해거름 되어
집으로 불려가는 아이와 같이
너 또한 일어설 날이 오리니

참 의로운 이름말고는
참 따뜻한 사랑말고는
아이야, 아무것도 지상에 남기지 말고
너 여기 올 때처럼
훌훌 벗은 몸으로 내게 오라

_ 배창환

완행 열차

급행열차를 놓친 것은
잘된 일이다
조그만 간이역의 늙은 역무원
바람에 흔들리는 노오란 들국화
애틋이 숨어있는 쓸쓸한 아름다움
하마터면 나 모를 뻔 하였지

완행열차를 탄 것은
잘된 일이다
서러운 종착역은 어둠에 젖어
거기 항시 기다리고 있거니
천천히 아주 천천히
누비듯이 혹은 홈질하듯이
서두름 없는 인생의 기쁨
하마터면 나 모를 뻔 하였지.

_ 허영자

성숙한 사랑

원하는 만큼 가까워지지 않는다고
불만을 가지지 말라.
끊임없이 성가신 잔소리로
사랑을 망가뜨리지 말라.
사랑은 조용하게 이해하는 것이며
불완전한 것에 대한 성숙한 포용력이니
그러한 사랑이야말로 우리에게
우리가 가진 것 이상의 힘을 주고
우리가 사랑하는 사람을 돕도록 만든다.

그의 존재로 인해 따스함을 느끼고
그가 사라진 다음에도 온기가 남아 있으면,
그리하여 아무리 멀리 있어도 그와
떨어져 있는 것이 아니다 느껴진다면
당신은 이미 사랑 그 자체다.

가까이 있거나 멀리 있거나
그는 이미 당신의 것이다.

_ 앤 랜더스

친구가 되기 위해서

도토리도 딱딱한 껍질을 벗어야
말랑말랑한 맛나는 묵이 되는 거야.
밤도 가시 옷을 벗어야
겨울 군밤이 되어
사람들의 마음을 데워 놓는 거야.
호두를 봐.
딱딱한 껍질 속에 오글오글
모여 앉은 고소한 속살

너랑 나랑 친구가 되기 위해서도
이런 껍질을 벗어야 돼.
그래야 따뜻한 마음이 나와
손을 잡게 되지.

_ 허명희

폐허 이후

사막에서도 저를 버리지 않는 풀들이 있고
모든 것이 불타버린 숲에서도
아직 끝나지 않았다고 믿는 나무가 있다
화산재에 덮이고 용암에 녹은 산기슭에도
살아서 재를 털며 돌아오는 벌레와 짐승이 있다
내가 나를 버리면 거기 아무도 없지만
내가 나를 먼저 포기하지 않으면
어느 곳에서나 함께 있는 것들이 있다
돌무더기에 덮여 메말라버린 골짜기에
다시 물이 고이고 물줄기를 만들어 흘러간다
내가 나를 먼저 포기하지 않는다면

_도종환

간격

숲을 멀리서 바라보고 있을 때는 몰랐다
나무와 나무가 모여
어깨와 어깨를 대고
숲을 이루는 줄 알았다
나무와 나무 사이
넓거나 좁은 간격이 있다는 걸
생각하지 못했다
벌어질 대로 최대한 벌어진,
한데 붙으면 도저히 안되는,
기어이 떨어져 서 있어야 하는,
나무와 나무 사이
그 간격과 간격이 모여
울울창창 숲을 이룬다는 것을
산불이 휩쓸고 지나간
숲에 들어가보고서야 알았다

_ 안도현

사랑에 빠질수록 혼자가 되라

사랑에 빠진 사람은

혼자 지내는 데 익숙해야 하네.

사랑이라고 불리는 그것

두 사람의 것이라고 보이는 그것은 사실

홀로 따로따로 있어야만 비로소 충분히 펼쳐져

마침내 완성되는 것이기에.

사랑이 오직 자기 감정 속에 든 사람은

사랑이 자기를 연마하는 나날이 되네.

서로에게 부담스런 짐이 되지 않으며

그 거리에서 끊임없이 자유로울 수 있는 것.

사랑에 빠질수록 혼자가 되라.

두 사람이 겪으려 하지 말고

오로지 혼자가 되라.

_ 라이너 마리아 릴케

세월의 강물

고통에 찬 달팽이를 보거든 충고하지 마라.
스스로 궁지에서 벗어날 것이다.
너의 충고는 그를 화나게 하거나 상처를 줄 것이다.

하늘 선반 위로
제자리에 있지 않은 별을 보거든
그럴 만한 이유가 있을 거라 생각하라.

더 빨리 흐르라 강물의 등을 떠밀지 말라.
풀과 들, 새와 바람, 그리고 땅 위의 모든 것처럼
강물도 나름대로 최선을 다하고 있다.

_ 장 루슬로

이별 편지

먼 바다를 건너
이별의 편지가 도착했습니다.
떨리는 마음으로 받아
조심스럽게 편지를 펼치자마자
가장 먼저 흘러나온 것은
눈물이었습니다.

내가 흘려야 할 눈물까지도
그대가 대신 흘려 준 것이기에
그대가 보내온 이별 편지 속에서
한없이 흘러나오는 눈물

먼 바다를 건너오면서까지도
얼마나 슬픔이 깊었기에
눈물은 그칠 줄을 모릅니다.

아마도 그는

이별 편지를 보낸 것이 아니라

자신의 가슴을 담아 보낸 것이겠지요.

_A. 프란체스카

치술령 망부석

기다리는 것은

오직 한곳을 바라보는 일이네

그립다는 말은

바람 부는 언덕에 홀로 서 있다는 이야기

변함없이 사랑하는 일은

심장이 돌처럼 단단해져 끝내

바위가 되는 것이네

변치 않겠다 약속한 그 말은

내가 돌이 될 수도 있다는 이야기

당신을 사랑하는 일은 무섭고도 독한 일이네

_ 신혜경

오래된 여행가방

스무살이 될 무렵 나의 꿈은 주머니가 많이 달린 여행가방과 펠리컨 만년필을 갖는 것이었다. 만년필은 주머니 속에 넣어두고 낯선 곳에서 한번씩 꺼내 엽서를 쓰는 것.

만년필은 잃어버렸고, 그것들을 사준 멋쟁이 이모부는 회갑을 넘기자 한달 만에 돌아가셨다.

아이를 낳고 먼 섬에 있는 친구나, 소풍날 빈방에 홀로 남겨진 내 짝 홍도, 애인도 아니면서 삼년 동안 편지를 주고받은 남자, 머나먼 이국 땅에서 생을 마감한 삼촌……

추억이란 갈수록 가벼워지는 것. 잊고 있다가 문득 가슴 저려지는 것이다.

이따금 다락 구석에서 먼지만 풀썩이는 낡은 가방을 꺼낼 때마다 나를 태운 기차는 자그락거리며 침목을 밟고 간다. 그러나 이제 기억하지 못한다. 주워 온 돌들은 어느 강에서 온 것인지, 곱게 말린 꽃들은 어느 들판에서 왔는지.

어느 외딴 간이역에서 빈자리를 남긴 채 내려버린 세월들. 저 길이 나를 잠시 내려놓은 것인지, 외길로 뻗어 있는 레일을 보며 곰곰 생각해본다. 나는 혼자이고 이제 어디로든 다시 돌아갈 수 없다는 것을.

_ 김수영

잃고 얻은 것

잃은 것과 얻은 것
놓친 것과 이룬 것

저울질해 보니
자랑할 게 별로 없구나.

많은 날 헛되이 보내고

화살처럼 날려 보낸 좋은 뜻
못 미치거나 빗나갔음을.

하지만 누가
이처럼 손익을 따지겠는가.
실패가 알고 보면 승리일지 모르고
달도 기울면 다시 차오느니.

_ 헨리 롱펠로

연두가 되는 고통

왜 하필 벌레는
여기를 갉아 먹었을까요

나뭇잎 하나를 주워 들고 네가
질문을 만든다

나뭇잎 구멍에 눈을 대고
나는 하늘을 바라본다
나뭇잎 한 장에서 격투의 내력이 읽힌다

벌레에겐 그게 긍지였겠지
거긴 나뭇잎의 궁지였으니까
서로의 흉터에서 사는 우리처럼

그래서 우리는 아침마다

화분에 물을 준다

물조리개를 들 때에는 어김없이
산타클로스의 표정을 짓는다

보여요? 벌레들이 전부 선물이었으면 좋겠어요
새잎이 나고 새잎이 난다

시간이 여위어간다
아픔이 유순해진다
내가 알던 흉터들이 짙어진다

초록 옆에 파랑이 있다면
무지개, 라고 말하듯이

파랑 옆에 보라가 있다면
멍, 이라고 말해야 한다

행복보다 더 행복한 걸 궁지라고 부르는 시간
신비보다 더 신비한 걸 흉터라고 부르는 시간

벌레들이 더
많아졌으면 좋겠어요

나뭇잎 하나를 주워 든 네게서
새잎이 나고 새잎이 난다

_ 김소연

마디, 푸른 한 마디

피리를 만들기 위해 대나무 전부가 필요한 건 아니다

노래가 되기 위해 대나무 마디마디 다 있어야 하는 건 아니다

가장 아름다운 소리는 마디 푸른 한 마디면 족하다

내가 당신에게 드리는 사랑의 고백도 마찬가지다

당신을 눈부처로 모신 내 두 눈 보면 알 것이다

고백하기에 두 눈은 바다처럼 넘치는 문장이다

눈물샘에 얼비치는 눈물 흔적만 봐도 모두 다 알 것이다

_ 정일근

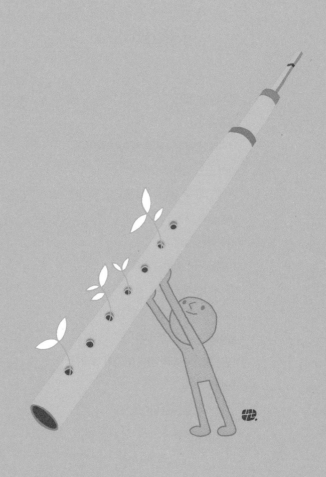

원시(遠視)

멀리 있는 것은
아름답다.
무지개나 별이나 벼랑에 피는 꽃이나
멀리 있는 것은
손에 닿을 수 없는 까닭에
아름답다.
사랑하는 사람아,
이별을 서러워하지 마라,
내 나이의 이별이란
헤어지는 일이 아니라 단지
멀어지는 일일 뿐이다.
네가 보낸 마지막 편지를 읽기 위해선
이제
돋보기가 필요한 나이,
늙는다는 것은

사랑하는 사람을 멀리 보낸다는
것이다.
머얼리서 바라다볼 줄을
안다는 것이다.

_오세영

천사의 손길

사랑이 자신의 거룩한 처소를 떠나
우리 눈앞에 나타나
삶 속으로 풀어 놓을 때까지
용기에 익숙하지 않은 우리는
기쁨에서 도망친 망명자들로
외로움의 껍질 속으로 몸을 웅크린다.

사랑은 온다.
기차처럼 연이어 행복과
즐거웠던 옛 추억과
아픈 과거를 끌고서.
그러나 우리가 담대하기만 하다면,
사랑은 우리 영혼에서 생겨난
두려움의 사슬을 끊어 낼 수 있다.

우리는 소심함에서 벗어나
쏟아지는 사랑의 빛 속에서 담대해진다.
그리곤 갑자기 깨닫는다.
사랑은 우리에게 모든 것을 대가로 요구하고
앞으로도 그럴 것이라는 점을.
하지만 우리를 진정 자유롭게 하는 건
오로지 사랑뿐이라는 것을.

_ 마야 안젤루

서귀포

울지 마세요
돌아갈 곳이 있겠지요
당신이라고
돌아갈 곳이 없겠어요

구멍 숭숭 뚫린
담벼락을 더듬으며
몰래 울고 있는 당신, 머리채 잡힌 야자수처럼
엉엉 울고 있는 당신

섬 속에 숨은 당신
섬 밖으로 떠도는 당신

울지 마세요
가도 가도 서쪽인 당신

당신이라고
돌아갈 곳이 없겠어요

_ 이홍섭

오동나무 그늘

넬 만났다 헤어진 자리
돌아보지 말자 다짐했던
돌아볼지 몰라 돌아봤던
팔자 늘어지게 서 있던
오동나무

너와 나 사이
중간 지점 오동나무
내 쪽으로 치우치던
오동나무

거의 잊혀진
유치찬란한 발언들

이젠 너만 알고 있거라

_ 이윤학

후회하는 나

어릴 적 나는,

오동통 했고 샘이 많았고 말을 썩 잘 지어냈고 식탐이 있었고 질투가 심했고
가끔 고아였음 싶었고 산을 잘 탔고 산딸기나 보리수를 따러 다녔고 반딧불
이 병에 가두었고 대싸리 숲에서 숨바꼭질을 했고 남의 집 돼지감자를 캐먹
었고 우리 집 포도를 훔친 친구를 때려줬고 자치기 훼방 놓고 단방구 하자며
꼬여냈고 썰매타기에서 일등을 먹었고 스케이트 가진 친구가 부러웠고 성
탄절 새벽 송을 돌았고 여름성경학교 때 서울서 온 대학생 오빠들을 좋아했
고 24색 왕자표 크레파스가 갖고 싶었고 레이스 달린 블라우스에 빨간 구두
를 신고 싶었고 바나나를 꼭 먹어봐야지 했었고

마흔의 나는,

기깔나게 멋진 사랑 한 번 못해본 걸 후회하고 결혼한 걸 후회하고 여자로 태
어난 걸 후회하고 수줍음 많은 걸 후회하고 돈 못 버는 걸 후회하고 말 잘 못

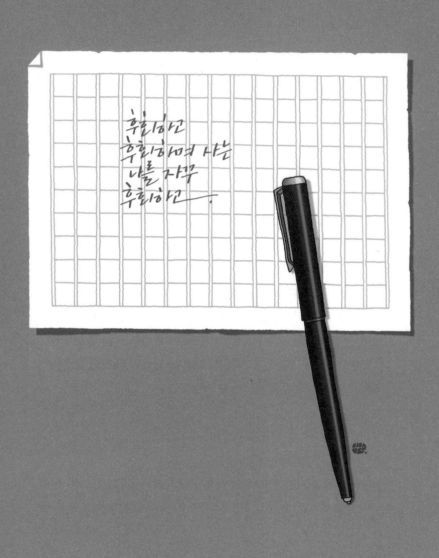

하는 걸 후회하고 잘 속는 걸 후회하고 잘 믿는 걸 후회하고 춤 못 추는 걸 후회하고 노래 못하는 걸 후회하고 공부 많이 못한 걸 후회하고 자식은 하나만 낳아 남부럽지 않게 키울 걸 후회하고 시댁 식구가 단출했으면 후회하고 형제들이 부자여서 힘겨울 때 기댈 수 있었으면 후회하고 마당이 없는 집을 후회하고 꽃나무를 잘 키우지 못하는 걸 후회하고 글을 폼 나게 못 쓰는 걸 후회하고 아직 시인이 못되었는데 시인 소리 들을 때 후회하고 그래도 시를 쓰는 나를 후회하고 후회하며 사는 나를 자꾸 후회하고,

　오늘은 또 이렇게 후회한 걸 후회하고.

　_ 이시하

사랑, 그것

그러고 보니 나는 어느덧 덜그럭거리는 철물점이 돼 가고 있었다
그렇다고 내 가게가 크기를 늘려왔던 것은 아니다
그저 흘러들어온 것들과 때로 애써 모은 것들, 더러는 쓴웃음으로 떠안아
야 했던 것들이 누런 고철들이 되어서
빈곳을 남기지 않았던 것뿐이었다

잘못 벽에서 튕겨져나온 굵은 못처럼 그때 네가
내 심장으로 날아들어온 것은 어쩌면 우연만이 아니었을지 모른다
그리고 너는 너를 쫓는 숙명의 쇠망치까지 불러들였다
못과 쇠망치가 쩡쩡 철물점의 덜그럭거리는 일상을 들어엎는 소리에
나의 얇다란 심장은 곧 멎어버릴 듯 빨라지고

그래, 나를 부수며 계속 너를 던져다오
내 네게 꼭 맞는 무덤이 되어주마
너와 내가 서로 몸을 으스러지게 끌어안고 한무더기 고철로 변해간들 어
떠랴

_이선영

창가에서

저에게 굶주림을 주소서.
앉아서 세상에 명령을 내리는
오 그대 신들이여,
내게 허기와 아픔과 결핍을 주소서.
수치와 실패로
당신들의 부와 명성의 문 밖으로 나를 내쫓으시고
내게 가장 남루하고 지친 굶주림을 내리소서!

다만 내게 작은 사랑 하나,
하루의 끝에서 말 건네는 목소리 하나
어두운 방에서 어루만질 손길 하나 남겨 두어
오랜 외로움을 깨뜨리게 하소서.
낮의 형상들이 해넘이를 흐릿하게 하는
땅거미 질 무렵
방황하는 작은 서녘 별 하나

그림자 모습 변해 가는 해변에 문득 나타날 때,
창가로 가서
그곳에서 저물 녘의 낮 형상들 지켜보며
작은 사랑 하나 다가오고 있음을
기다려 알게 하소서.

_ 칼 샌드버그

사막

이 사막에서
그는
너무 외로워
이따금
뒤로 걸었다.
눈앞에 찍힌 발자국을 보려고.

_ 오르텅스 블루

하루밖에 살 수 없다면

하루는 한 생애의 축소판,
아침에 눈을 뜨면
하나의 생애가 시작되고
피로한 몸을 뉘여 잠자리에 들면
또 하나의 생애가 끝납니다.
만일 우리가 단 하루밖에 살 수 없다면,

나는 당신에게
투정 부리지 않을 겁니다.
하루밖에 살 수 없다면
당신에게 좀 더 부드럽게 대할 겁니다.
아무리 힘든 일이 있어도
불평하지 않을 겁니다.
하루밖에 살 수 없다면
더 열심히 당신을 사랑할 겁니다.

아무도 미워하지 않고
모두 사랑만 하겠습니다.

그러나 정말 하루밖에 살 수 없다면
나는 당신만을 사랑하지 않을 겁니다.
죽어서도 버리지 못할 그리움
그 엄청난 고통이 두려워
당신의 등 뒤에서
그저 울고만 있을 겁니다.
바보처럼.

_ 울리히 샤퍼

사랑은 아픔이다

아들아, 사랑한다는 것은 쉬운 일이 아니란다.
누군가를 사랑하고 있다 생각하더라도
때로 자기를 사랑하는 것에 지나지 않는단다.
그래서 모든 것이 헛것이 되고 끝나고 만단다.

사랑한다는 것은 누군가와 만나는 일이란다.
그것 때문에 내 일을 뒤로 하고
기쁜 마음으로
그 사람을 향해 그 사람을 위해 가는 거란다.

사랑한다는 것은 마음이 통하는 일이다.
마음이 통하기 위해서는 그 사람을 향해 자신을 잊고
그 사람을 위해 자기를 완전히 낮춰야 한단다.

아들아 알겠느냐, 사랑은 아픔이다.

아담과 하와의 원죄 이후- 잘 듣거라
사람을 사랑한다는 것은 그를 위하여
내 몸을 십자가에 못 박는 일이란다.

_ 미셸 쿠오스트

참나무

젊거나 늙거나
저기 저 참나무같이
네 삶을 살아라.
봄에는 싱싱한
황금빛으로 빛나며
여름에는 무성하고
그리고, 그러고 나서
가을이 오면 다시
더욱더 맑은
황금빛이 되고
마침내 잎사귀
모두 떨어지면
보라, 줄기와 가지로
나목이 되어 선
저 발가벗은 힘을.

_ 알프레드 테니슨

여행

누가 여행을 돌아오는 것이라 틀린 말을 하는가
보라. 여행은 안 돌아오는 것이다
첫여자도 첫키스도 첫슬픔도 모두 돌아오지 않는다
그것들은 안 돌아오는 여행을 간 것이다
얼마나 눈부신가
다시는 안 돌아오는 한번 똑딱 한 그날의 부엉이 눈 속의 시계점처럼
돌아오지 않는 것도 또한 좋은 일이다

그때는 몰랐다
안 돌아오는 첫밤, 첫서리 뿌린 날의 새벽 새떼
그래서 슬픔과 분노의 흔들림이 뭉친 군단이 유리창을 터뜨리고
벗은 산등성을 휘돌며 눈발을 흩뿌리던 그것이
흔들리는 자의 빛줄기인 줄은

없었다. 그 이후론

책상도 의자도 걸어논 외투도
계단도 계단 구석에 세워둔 우산도
저녁 불빛을 단 차창도 여행을 가서 안 돌아오고
없었다. 없었다. 흔들림이

흔들리지 못하던 많은 날짜들을 스쳐서
그 날짜들의 어두운 경험과
홀로 여닫기던 말의 문마다 못을 치고 이제
여행을 떠나려 한다
흔들리지 못하던 나날들의 가슴에 금을 그으면
놀라워라. 그래도 한 곳이 찢어지며
시계점처럼 탱 탱 탱 피가 흐른다

보고 싶은 만큼, 부르고 싶은 만큼
걷고 걷고 또 걷고 싶은 만큼

흔들림의 큰 소리 넓은 땅
그곳으로 여행 가려는 나는
때로 가슴이 모자라 충돌의 어지러움과
대가지 못한 시간에 시달릴지라도
멍텅구리 빈 소리의 시계추로는 돌아오지 않을 것이다

누가 여행을 돌아오는 것이라 자꾸 틀린 말을 하더라도

_ 이진명

안개 속 풍경

깜깜한 식솔들을 이 가지 저 가지에 달고
아버진 이 안개 속을 어떻게 건너셨어요?
닿는 것들마다 처벅처벅 삭아내리는
이 어리굴젓 속을 어떻게 견디셨어요?
앞 못 보는 개의 부푼 혀가 컹컹 거려요
한치 앞이 안 보이는 발부리 앞을
위태로이 뻗어만 가는 두살배기는
무섭니? 하면 깔깔깔 응 우서워, 하는데요
바람에는 땅 끝 냄새가 묻어 와요
거기 안개 너머에는 당신 등처럼 넓디넓은
등나무 한 그루 들보처럼 서 있다는데요
깜박깜박 푹 젖은 잠에서 깨어나면
는개와 한몸 되어가는 백내장이 내 눈들
덜거덩 덜걸 어디론지 화물 열차가 지나가요
당신의 등꽃이 푸르게 피어 있는 거기

꽃이 있으니 길도 있는 거죠?
예전처럼 무섭니? 낮게낮게 물어주세요
아니 안 무서워요! 큰 소리로 대답할게요
이 안개 속엔 아직 이름도 모른 채 심어논
어린 싹이 저리 짠하게 뻗어가는걸요!
나무는 언제나 나무로 서 있어야 하는걸요!

_ 정끝별

드라이아이스

사실 나는 귀신이다 산목숨으로서 이렇게 외로울 수는 없는 법이다

문득 어머니의 필체가 기억나지 않을 때가 있다
그리고 나는 고향과 나 사이의 시간이
위독함을 12월의 창문으로부터 느낀다
낭만은 그런 것이다
이번 생은 내내 불편할 것

골목 끝 슈퍼마켓 냉장고에 고개를 넣고
냉동식품을 뒤적거리다가 문득
만져버린 드라이아이스 한 조각,
결빙의 시간들이 피부에 타 붙는다
저렇게 차게 살다가 뜨거운 먼지로 사라지는
삶이라는 것이 끝내 부정하고 싶은 것은 무엇이었을까
손끝에 닿는 그 짧은 순간에
내 적막한 열망보다 순도 높은 저 시간이
내 몸에 뿌리내렸던 시간들을 살아버렸기 때문일까

온몸의 열을 다 빼앗긴 것처럼 진저리친다
내 안의 야경을 다 보여줘버린 듯

수은의 눈빛으로 골목에서 나는 잠시 빛난다
나는 내가 살지 못했던 시간 속에서 순교할 것이다
달 사이로 진흙 같은 바람이 지나가고
천천히 오늘도 하늘에 오르지 못한 공기들이
동상을 입은 채 집집마다 흘러들어 가고 있다
귀신처럼

_ 김경주

첫사랑

흔들리는 나뭇가지에 꽃 한번 피우려고
눈은 얼마나 많은 도전을 멈추지 않았으랴

싸그락 싸그락 두드려보았겠지
난분분 난분분 춤추었겠지
미끄러지고 미끄러지길 수백 번,

바람 한 자락 불면 휙 날아갈 사랑을 위하여
햇솜 같은 마음을 다 퍼부어 준 다음에야
마침내 피워낸 저 황홀 보아라

봄이면 가지는 그 한 번 덴 자리에
세상에서 가장 아름다운 상처를 터뜨린다

_ 고재종

햇살에게

이른 아침에
먼지를 볼 수 있게 해주셔서 감사합니다
이제는 내가
먼지에 불과하다는 것을 알게 해주셔서 감사합니다
그래도 먼지가 된 나를
하루 종일
찬란하게 비춰주셔서 감사합니다

_ 정호승

내가 만난 사람은 모두 아름다웠다

잎 넓은 저녁으로 가기 위해서는
이웃들이 더 따뜻해져야 한다
초승달을 데리고 온 밤이 우체부처럼
대문을 두드리는 소리를 듣기 위해서는
채소처럼 푸른 손으로 하루를 씻어놓아야 한다
이 세상에 살고 싶어서 별을 쳐다보고
이 세상에 살고 싶어서 별 같은 약속도 한다
이슬 속으로 어둠이 걸어 들어갈 때
하루는 또 한번의 작별이 된다
꽃송이가 뚝뚝 떨어지며 완성하는 이별
그런 이별은 숭고하다
사람들의 이별도 저러할 때
하루는 들판처럼 부유하고
한 해는 강물처럼 넉넉하다
내가 읽은 책은 모두 아름다웠다

내가 만난 사람도 모두 아름다웠다
나는 낙화만큼 희고 깨끗한 발로
하루를 건너가고 싶다
떨어져서도 향기로운 꽃잎의 말로
내 아는 사람에게
상추잎 같은 편지를 보내고 싶다

_ 이기철

당신도 나를 떠올리며

행복하기를

대학교 때 미술을 전공하면서 필수과목으로 사진을 2년 동안 배운 이후,
나는 사진 찍기를 즐긴다. 일상의 지나가는 풍경들과 사람들을 찍어 두었다가
시간이 흐르고 난 뒤에 다시 보면 타임머신을 타고 잠시나마
그때로 돌아간 것처럼 추억을 되새길 수 있기 때문이다.
물론 그 추억들이 모두 좋은 것만은 아니다.
가끔은 사진을 보고 있노라면 묻어 둔 아픔까지도 따라 올라와 괴로울 때도 있다.
하지만 이제는 지나가 버린 시절이기에 그 마음까지도 그립다는 생각이 든다.
그래서 나는 찰칵, 찰칵 흐르는 시간의 한 모퉁이를 찍는다.
그런데 나만 그렇게 느끼는 건 아닌가 보다.

내 일에 도움을 주는 둘째 형에게 종종 선물을 하곤 하는데
둘째 형이 내 선물을 받고 기뻐하는 모습을 본 기억이 거의 없었다.
능력도 있고 돈도 잘 벌어서인지 좋은 스피커를 선물하고
비싼 지갑을 선물해도 '고맙다'라는 단답형의 말만 돌아올 뿐이었다.
그런데 어느 날 아버지의 사진첩에서 아주 낡은 흑백 사진 한 장을 발견했다.
내가 태어나기 전에 우리 가족은 산정호수 근처의 경기도 운천에 살았는데,
그 집 앞에서 엄마와 형들이 옹기종기 모여 찍은 사진이었다.
어린 셋째 형을 엄마가 들쳐 업고 있었고
엄마의 양손을 큰형과 둘째 형이 나눠서 꼭 잡고 있었다.

너무 오래되어 상한 부분이 많았지만 나는 혹시나 하는 마음에
핀셋으로 조심스럽게 사진을 빼내 스캔을 한 후 사진을 복구했다.
그렇게 손본 사진을 형의 휴대폰으로 보냈다.
그로부터 며칠이 지난 뒤 만난 형은 그동안 내가 준 비싼 선물들은
솔직히 그냥 그랬는데 이번에 보내 준 사진은 너무 좋고 고맙다고 말했다.
어디서 이 사진을 구했느냐며 사진을 물끄러미 바라보는 둘째 형은
그때의 추억에 잠긴 듯 한동안 말이 없었다. 내가 없었던 그 시절
형은 어떤 추억들을 떠올리기에 저렇게 해맑은 미소를 짓는 걸까.

내 기억에는 없는 그러나 가족들의 기억에는 있는 사진들을 보고 있노라면
그 추억을 공유할 수 없는 나는 괜히 부럽기도 하고 심술이 난다.
내가 형들을 절대 이길 수 없는 것이 있다면 바로 시간이니까 말이다.
큰형만 해도 나보다 열 살 많으니 형은 내가 태어나기 전에 이미
어머니와 10년이라는 시간을 함께 보냈다.
내가 어머니와 50년을 보내면 큰형은 60년을 보내는 셈이니까

나는 어머니와 함께 보낸 시간으로는 절대 큰형을 이길 수 없는 것이다.
그렇게 심술이 날 때면 나는 일부러 어린 시절 어머니와 나만
공유하고 있는 추억을 이야기한다. 초등학교 때 나를 무릎에 앉혀
머리를 감겨 주던 어머니를 이야기하고, 머리 감기 싫다고 도망가니까
엄마가 내 등짝을 때리면서 물을 뿌렸던 기억을 이야기하고,
어머니와 함께 외할머니를 만나러 간 추억을 이야기한다.
그래서 추억할 수 있는 조그만 기억들이 더 많으면 얼마나 좋을까.
성인이 된 뒤로는 어머니와 온전히 하루를 같이 보내 본 적이 거의 없다.
어머니 생신 때도 저녁 한 끼만 먹고 볼일이 있다며 얼른 일어나기 일쑤였다.
추억을 하나둘 만들어도 모자랄 판에 나는 추억 만들기를
계속 뒤로 미루었던 것이다.
그래서 뒤늦게 후회를 했다.
조금 더 많은 추억을 만들걸, 그래서 그 추억을 이야기하며
웃을 수 있는 시간 또한 더 많이 만들걸,
그러지 못해 후회하고 또 후회했다.
이제 남아 있는 사진도 별로 없는데 나는 어쩌자고 추억을 만드는 데
그렇게 무심하고 소홀했을까.

그런 후회가 나를 괴롭히던 어느 날 우연히 초등학교 동창 모임에 갔다가
초등학교 때 내 첫사랑인 여자 친구를 만났다. 가끔 소식을 듣긴 했지만
그렇게 직접 마주하는 것은 초등학교 이후 처음이었다.
그날 둘이서 많은 이야기를 나눈 것은 아니다.
하지만 어느 순간 느낄 수 있었다.

그녀가 내 앞에서만큼은 어린 시절 내가 좋아했던 순수한 모습을 보여 주기 위해
애쓰고 있다는 사실을 말이다. 나에게 좋은 기억으로 남고 싶고,
내 추억을 지켜주려 하는 그녀의 마음이 참 예뻐 보였다. 그래서 고마웠다.

과거를 돌이킬 수는 없지만
지금이라도 누군가에게 좋은 기억을 남기기 위해 애쓸 것,
그리고 좋은 추억을 많이 만들 것, 내가 그날 그녀를 만나고 내린 결론이다.
그 이후로 나는 내 곁에 있는 사랑하는 사람들과 추억을 많이 만들기 위해
애쓰고 있다. 나중에 힘들고 지친 어느 날 내가 그리고 내 소중한 사람들이
그 추억들을 꺼내 보며 잠시나마 쉬어 갈 수 있기를 바라기 때문이다.
좋은 추억들을 많이 만들면 그 추억을 꺼내 보는 것만으로도 행복할 테니까,
그러면 조금은 팍팍하고 숨 막히는 삶에 여유가 생길 테니까 말이다.

새벽밥

새벽에 너무 어두워
밥솥을 열어 봅니다
하얀 별들이 밥이 되어
으스러져라 껴안고 있습니다
별이 쌀이 될 때까지
쌀이 밥이 될 때까지 살아야 합니다.

그런 사랑 무르익고 있습니다

_ 김승희

구부러진 길

나는 구부러진 길이 좋다.
구부러진 길을 가면
나비의 밥그릇 같은 민들레를 만날 수 있고
감자를 심는 사람을 만날 수 있다.
날이 저물면 울타리 너머로 밥 먹으라고 부르는
어머니의 목소리도 들을 수 있다.
구부러진 하천에 물고기가 많이 모여 살 듯이
들꽃도 많이 피고 별도 많이 뜨는 구부러진 길.
구부러진 길은 산을 품고 마을을 품고
구불구불 간다.
그 구부러진 길처럼 살아온 사람이 나는 또한 좋다.
반듯한 길 쉽게 살아온 사람보다
흙투성이 감자처럼 울퉁불퉁 살아온 사람의
구불구불 구부러진 삶이 좋다.

구부러진 주름살에 가족을 품고 이웃을 품고 가는
구부러진 길 같은 사람이 좋다.

_ 이준관

부부

긴 상이 있다
한 아름에 잡히지 않아 같이 들어야 한다
좁은 문이 나타나면
한 사람은 등을 앞으로 하고 걸어야 한다
뒤로 걷는 사람은 앞으로 걷는 사람을 읽으며
걸음을 옮겨야 한다
잠시 허리를 펴거나 굽힐 때
서로 높이를 조절해야 한다
다 온 것 같다고
먼저 탕 하고 상을 내려놓아서도 안 된다
걸음의 속도도 맞추어야 한다
한 발
또 한 발

_ 함민복

지금

그대가 죽어 가고 있을 때
그동안 이렇게 살아왔으면,
하는 바람을 가질 것이다.
지금 그 소원대로 살아가기를.

그대가 이별할 때
그동안 이렇게 사랑했더라면,
하는 아쉬움을 가질 것이다.
지금 그 마음대로 사랑하기를.

_ 크리스천 퓌르히테가트 겔러트

그때는 기억하라

길이 너무 멀어 보일 때
어둠이 밀려올 때
모든 일이 다 틀어지고
친구를 찾을 수도 없을 때
그때는 기억하라,
사랑하는 이가 있다는 것을.

웃음 짓기 힘들 때
기분이 울적할 때
날아 보려 날개를 펴도
날아오를 수 없을 때
그때는 기억하라,
사랑하는 이가 있다는 것을.

시간은 벌써 다 달아나 버리고

시작하기도 전에 끝나 버릴 때
조그만 일들이 당신을 가로막아
아무 일도 할 수 없을 때
그때는 기억하라,
사랑하는 이가 있다는 것을.

사랑하는 이가 떠나고
당신 홀로 있을 때
어떤 말을 해야 할지 모를 때
혼자라는 사실이 한없이 두려울 때
그때는 기억하라,
사랑하는 이가 있다는 것을.

_R. 펀치즈

버팀목에 대하여

태풍에 쓰러진 나무를 고쳐 심고
각목으로 버팀목을 세웠습니다
산 나무가 죽은 나무에 기대어 섰습니다

그렇듯 얼마간 죽음에 빚진 채 삶은
싹이 트고 다시
잔뿌리를 내립니다

꽃을 피우고 꽃잎 몇 개
뿌려주기도 하지만
버팀목은 이윽고 삭아 없어지고

큰바람 불어와도 나무는 눕지 않습니다
이제는
사라진 것이 나무를 버티고 있기 때문입니다

내가 허위허위 길 가다가
만져보면 죽은 아버지가 버팀목으로 만져지고
사라진 이웃들도 만져집니다

언젠가 누군가의 버팀목이 되기 위하여
나는 싹틔우고 꽃피우며
살아가는지도 모릅니다

_ 복효근

삶은 감자 세 알

사무실 건물 환경원 아줌마가 옥상에 감자를 심어 길렀다고 오늘 캤다고 뜨끈뜨끈한 주먹만 한 감자 세 알씩을 사무실마다 돌리며 귀한 거니 잡수어보시라고 했다 세 알을 맛있게 다 먹었다 먹는 일이 제일로 귀하다는 걸 몸으로 알았다 점심을 먹으러 식당에 가지 않아도 되었다 귀하다는 말! 진종일 내가 귀했다

_ 정진규

꿈 꽃

내 만난 꽃 중 가장 작은 꽃
냉이꽃과 벼룩이자리꽃이 이웃에 피어
서로 자기가 작다고 속삭인다.
자세히 보면 얼굴들 생글생글
이빠진 꽃잎 하나 없이
하나같이 예쁘다.

동료들 자리 비운 주말 오후
직장 뒷산에 앉아 잠깐 조는 참
누군가 물었다. 너는 무슨 꽃?
잠결에 대답했다. 꿈꽃.
작디작아 외롭지 않을 때는 채 뵈지 않는
(내 이는 몰래 빠집니다)
바로 그대 발치에 핀 꿈꽃.

_ 황동규

나이

사람들이 가끔 묻는다네.
희끗희끗한 귀밑머리와
이마에 팬 내 주름살을 보고는
나이가 몇이나 되냐고.

그럴 때 난 이렇게 대답하지.
내 나이는 한 시간이라고.
여태까지 살아온 세월을 헤아리고
그 모든 걸 다 합친다 해도 말이야.

아니 뭐라고요?
사람들은 깜짝 놀라면서
또 이렇게 되묻는다네.
그런 셈법을 진짜로 믿으라고요?

그러면 나는 이야기하지.
이 세상에서 제일로 사랑하는 사람이
어느 날 내 품에 안겨
은밀하게 입을 맞춘 그 순간

지나온 날들이 아무리 많아도
나는 그 짧은 시간만을
나이로 센다고.
그 황홀한 순간이 내 모든 삶이니까.

_ 이븐 하즘

고마운

기도할 수 있어서 감사한다.
그리고 내 옆에 있는 너와 함께
배울 수 있어서 감사한다.
고맙고도 고마운 나의 사랑
너는 나의 삶을 계속해서 흔든다.

내가 지쳐 있을 때
나를 어떻게 미소 짓게 할지
너는 알고 있다.
이 순간과 즐거움에 감사한다.
내 삶에 네가 들어온 것에 대해.

_ 켈리 클라손

봄의 목소리

어느 소년 소녀들이나 알고 있다.
봄이 말하는 것을.
살아라, 뻗어라, 피어라, 바라라,
사랑하라, 기뻐하라, 새싹을 움트게 하라,
몸을 던져 삶을 두려워 말라.

_ 헤르만 헤세

길이 보이면 걷는 것을 생각한다

길 끝에는 무엇이든 있고
무엇과도 만나기 때문이다.
우리는 모두 자신이 꿈 꾼
최선의 길로 들어설 수 없다.
그래도 가야 한다.
들어선 길이면 길이기 때문에
바르게 걸어야 한다.
잘못 들어선 길, 그 길에도
기쁨과 슬픔이 있기 때문이다.
나를 꿈꾸게 하는 돌은 있기 때문이다.
패랭이꽃 한 무더기쯤
어디에 있기 때문이다.
파랑새도 길 위라면
어디든 있기 때문이다.

우리가 기뻐한다 해도
우리의 기쁨은 우리 속에 있는 것이 아니고
인생 그 자체 속에 있는 것이며
우리가 고통을 당한다 해도 고통은
우리의 상처 속에 있지 않고
가슴속에 있는 것이다.
낙관론자는 장미꽃만 보고
그 가시를 보지 못하며
염세주의자는 장미꽃은 보지 못하고
그 가시만 본다.

_ 칼릴 지브란

오늘

꽃밭을 그냥 지나쳐 왔네

새소리에 무심히 응대하지 않았네

밤하늘의 별들을 세어보지 않았네

친구의 신발을 챙겨주지 못했네

곁에 계시는 하느님을 잊은 시간이 있었네

오늘도 내가 나를 슬프게 했네

_ 정채봉

13평의 두 크기

너무 늦은 축하가 미안해서, 양초와 하이타이 등을 잔뜩 사들고 인사를
갔었지 13평 임대아파트에서 13평 아파트로 이사간 집으로

쉰 셋 나이에 처음 제 집에 살아본 안주인은, 종아리까지 걷어 보이며 불
평불만이었지 석 달이나 지났어도 부은 것이 안 풀린다고, 괜히 넓은 집
사서 다리만 아프다고, 청소하기도 힘들다고, 평수는 같아도 크기는 엄청
다르다고

그녀의 그 어불성설의 화법이 이따금씩 내 두통을 쫓아주며 메아리치곤
하지

_유안진

자두

나 고등학교 졸업하던 해
대학 보내달라고 데모했다
먹을 줄 모르는 술에 취해
땅강아지처럼 진창에 나뒹굴기도 하고
사날씩 집에 안 들어오기도 했는데
아무도 아는 척을 안 해서 밥을 굶기로 했다
방문을 걸어 잠그고
우물물만 퍼 마시며 이삼일이 지났는데도
아버지는 여전히 논으로 가고
어머니는 밭 매러 가고
형들도 모르는 척
해가 지면 저희끼리 밥 먹고 불 끄고 자기만 했다
며칠이 지나고 이러다간 죽겠다 싶어
밤 되면 식구들이 잠든 걸 확인하고
몰래 울 밖 자두나무에 올라가 자두를 따 먹었다

동네가 다 나서도 서울 가긴 틀렸다는 걸 뻔히 알면서도

그렇게 낮엔 굶고 밤으로는 자두로 배를 채웠다

내 딴엔 세상에 나와 처음 벌인 사투였는데

어느 날 어머니가 문을 두드리며

빈속에 그렇게 날것만 먹으면 탈난다고

몰래 누룽지를 넣어주던 날

나는 스스로 투쟁의 깃발을 내렸다

나 그때 성공했으면 뭐가 됐을까

자두야

_ 이상국

사랑 노래

그래,
너 좋을 대로
좋은 사람
잘난 사람
다 만나고
나 같은 놈일랑
한 삼사십 년쯤 후
내가 푹, 쭈그러지면
그때라도
만나 주거라

_ 나기철

행복

저녁 때
돌아갈 집이 있다는 것

힘들 때
마음속으로 생각할 사람이 있다는 것

외로울 때
혼자서 부를 노래 있다는 것.

_ 나태주

습관을 생각함

친정에 다니러 온 딸과
엄마가 마루 끝에 나란히 누워
서로의 얼굴에 부채질을 한다
치우지 못한 여름 습관이다.

무슨 이야기 끝인지 한 사람이 운다
나쁜 습관이다.

오래 울진 않는다
해가 짧아졌구나, 저녁 안쳐야지
부채를 집어던지며 일어선다
엄마의 습관이다

가을이다.

_ 윤제림

빈곳

암벽 틈에 나무가 자라고 있다. 풀꽃도 피어 있다.

틈이 생명줄이다.

틈이 생명을 낳고 생명을 기른다.

틈이 생긴 구석.

사람들은 그걸 보이지 않으려 안간힘 쓴다.

하지만 그것은 누군가에게 팔을 벌리는 것.

언제든 안을 준비 돼 있다고

자기 가슴 한 쪽을 비워 놓은 것.

틈은 아름다운 허점.

틈을 가진 사람만이 사랑을 낳고 사랑을 기른다.

꽃이 피는 곳.

빈곳이 걸어 나온다.

상처의 자리. 상처의 살이 차 오른 자리.

헤아릴 수 없는 쓸쓸함 오래 응시하던 눈빛이 자라는 곳.

_ 배한봉

철들다

안다는 것은 아픈 일이다 오며가며 낯이 익은 노점상 부부가 있다 연 3일 내리는 봄비에 괜한 걱정이 앞선다 개업 몇 달 만에 문을 닫고만 단골 싸릿골 영양탕은 또 어디에다 자리를 펼쳤는지, 철든다는 것은 쓸쓸한 일이다 무서운 일이다 꺾일 대로 꺾였을 때 비로소 철이 든다고 한다 세상 물정에 눈뜨면 이미 재갈 물린 망아지가 된다 몸속에서 천방지축으로 뛰어다니는 망아지가 큰일을 낸다 수천 년을 해골로 부둥켜안고 있는 발다로의 연인처럼 사랑을 해도 목숨 걸고 할 수 있다 철든다는 것은 꼬리 내린다는 것이다 알아서 긴다는 것이다 입 안에서 이 말을 가만히 굴려보면 닳아빠진 구두 밑창으로 구정물이 스며드는 애늙은이가 떠오른다

_ 최서림

익숙해진다는 것

오래된 내 바지는 내 엉덩이를 잘 알고 있다
오래된 내 칫솔은 내 입 안을 잘 알고 있다
오래된 내 구두는 내 발가락을 잘 알고 있다
오래된 내 빗은 내 머리카락을 잘 알고 있다

오래된 귀가길은 내 발자국 소리를 잘 알고 있다
오래된 아내는 내 숨소리를 잘 알고 있다

그렇게 오래된 것들 속에 나는 나를 맡기고 산다

바지도 칫솔도 구두도 빗도 익숙해지다 바꾼다
발자국 소리도 숨소리도 익숙해지다 멈춘다

그렇게 바꾸고 멈추는 것들 속에 나는 나를 맡기고 산다.

_고운기

어느 날

구두를 새로 지어 딸에게 신겨주고

저만치 가는 양을 물끄러미 바라보다

한 생애 사무치던 일도 저리 쉽게 가것네.

_ 김상옥

여기

어딘가 가자고 내가 말한다
어디 갈까 하고 당신이 말한다
여기도 좋을까 하고 내가 말한다
여기라도 좋네 하고 당신이 말한다
얘기하는 동안 해가 지고
여기가 어딘가가 되어간다

_ 다니카와 슌타로

해가 지면 울고 싶다

너는 알겠지
속도 모르고 해가 지면
왜 강물은 반짝반짝하는지
기다리는 사랑은 또 얼마나 흘러가야 하는지

너는 알겠지
한발 다가서면 더러움으로 흐르는 강도
멀리서는 저렇게 붉게 일렁여
한 생애를 지나가는 것을

더러움이 아름다움을 가릴 수 없는 데도
붉은 노을이 지면
저 더러움도 스스로 빛나
우리 가슴으로 흐르는 것을

내가 너의 속을 알고

네가 내 속을 알아서

더러움과 아름다움,

그 말없는 하루의 길에 서서

해가 지면 끝없이 소리없이 울고 싶다

_ 문형렬

가슴의 서랍들

가슴이 있다는 것은 고통스럽다. 공허와 비애와 우울과 불안, 고독과 절망과 그리움, 그 모든 것이 하나의 가슴에 들어 있지 않은가. 가슴이 있다는 것은 고통스럽다. 그렇다고 가슴의 서랍들을 다 빼 버리고 텅 빈 가슴으로 살아갈 수도 없는 일. 벽돌은 가슴이 없다. 구름도 가슴이 없다. 가슴이 있다는 것은 고통스럽다.

_ 최승호

혼자 가는 길

땅 위엔
크고 작은 길 여럿 있지만
목표하는 곳은 모두 같다.

가까이나 멀리 갈 수 있고
둘이나 셋이 갈 수 있지만

마지막 한 걸음은
혼자서 가야만 한다.
아무리 싫은 일이라도
혼자서 하는 일보다 더 나은
지혜도 능력도 없기 때문에.

_ 헤르만 헤세

눈물을 갖기 원합니다

가끔 찬란한 슬픔 속에 묻혀
가슴을 저미는 고통에 몸부림칩니다.
하지만 내 가슴의 슬픔을 기쁨과 바꾸지는 않겠습니다.
내 안의 구석구석에서 흐르는 슬픔이
웃음으로 바뀌는 것이라면 나는
그런 슬픔으로는 눈물 또한 흘리지 않으렵니다.

눈물은 가슴을 씻어 주고
인생의 비밀과 감추어진 것들을 이해하게 해 줍니다.
눈물은 부서진 가슴을 가진 사람들을
하나로 묶어 주는 힘이 있습니다.
나는 나의 삶이 눈물을 갖기 원합니다.

_ 칼릴 지브란

발견 8

　2층은 너무 낮고, 4층과 5층은 너무 높고, 3층이 투신 자살하기에는 꼭 알맞은 높이라는 생각이 문득 들었습니다.
　그런데, 놀이터에서 마냥 즐겁게 놀고 있는 천진난만한 아이들의 그지없이 사랑스런 모습을 보곤 생각을 달리했습니다.
　2층은 너무 가깝고, 4층과 5층은 너무 멀고, 3층이 세상 구경하기에는 꼭 알맞은 거리라는 생각을 하게 되었습니다.

　_ 황선하

딸년을 안고

한 살배기 딸년을 꼭 안아보면
술이 번쩍 깬다 그 가벼운 몸이 우주의 무게인 듯
엄숙하고 슬퍼진다
이 목숨 하나 건지자고
하늘이 날 세상에 냈다 싶다
사지 육신 주시고 밥도 벌게 하는가 싶다
사람의 애비된 자 어느 누구 안 그러리
그런데 소문에는
단추 하나로 이 목숨들 단숨에 녹게 돼 있다고도 하고

미친 세월 끝없을 거라고도 하고
하여, 한 가지 부탁한다 칼 쥔 자들아
오늘 하루 일찍 돌아가
입을 반쯤 벌리고 잠든 너희 새끼들
그 바알간 귓밥 한번 들여다 보아라
귀 뒤로 어리는 황홀한 실핏줄들

한번만 들여다 보아라
부탁한다

_ 김사인

나는 날마다 나를 반죽한다

뜨거운 빵틀 위에서 구워져 나오는
말랑말랑한 하루

불룩불룩 부풀어 오르는
내 안의 빵들

생각은 쉽게 구워지지 않는다

시커멓게 타버리거나
딱딱하게 굳은 채
쓰레기통에 처박히던 날들

언젠가 빵은
제 안의 형식을 허물어
수많은 내용을 세상에

풀어놓을 것이다

늘 배고픈 당신을 위해
오늘도 나는 날마다
나를 반죽한다

_안명옥

송도 앞 바다를 바라보면서

수도꼭지엔 언제나 시원한 물이 나온다.
지난겨울엔 연탄이 떨어지지 않았다.
쌀독에 쌀을 걱정하지 않는다.
나는 오늘도 세끼 밥을 먹었다.

사랑하는 부모님이 계신다.
언제나 그리운 이가 있다.
고양이 한 마리 정도는 더 키울 수 있다.
그놈이 새끼를 낳아도 걱정할 일이 못 된다.

보고 듣고 말함에 불편함이 없다.
슬픔에 울고 기쁨에 웃을 수 있다.
사진첩에 추억이 있다.
거울 속의 내 모습이 그리 밉지만은 않다.

기쁠 때 볼 사람이 있다.
슬플 때 볼 바다가 있다.
밤하늘에 별이 있다.
그리고 세상에 사랑이 있다.

206

_장기려

여보! 비가 와요

아침에 창을 열었다
여보! 비가 와요
무심히 빗줄기를 보며 던지던
가벼운 말들이 그립다
오늘은 하늘이 너무 고와요
혼잣말 같은 혼잣말이 아닌
그저 그렇고
아무렇지도 않고 예쁠 것도 없는
사소한 일상용어들을 안아 볼을 대고 싶다

너무 거칠었던 격분
너무 뜨거웠던 적의
우리들 가슴을 누르던 바위 같은
무겁고 치열한 싸움은
녹아 사라지고

가슴을 울렁거리며

입이 근질근질 하고 싶은 말은

작고 하찮은

날씨 이야기 식탁 위의 이야기

국이 싱거워요?

밥 더 줘요?

뭐 그런 이야기

발끝에서 타고 올라와

가슴 안에서 쾅 하고 울려오는

삶 속의 돌다리 같은 소중한 말

안고 비비고 입술 대고 싶은

시시하고 말도 아닌 그 말들에게

나보다 먼저 아침밥 한 숟가락 떠먹이고 싶다

_ 신달자

삶은 작은 것들로 이루어졌네

삶은 작은 것들로 이루어졌네.
위대한 희생이나 의무가 아니라
미소와 위로의 말 한마디가
우리 삶을 아름다움으로 채우네.

간혹 가슴앓이 오고 가지만
다른 얼굴을 한 축복일 뿐,
시간이 책장을 넘기면
위대한 놀라움을 보여 주리.

_ 메리 R. 하트먼

아침의 향기

아침마다
소나무 향기에
잠이 깨어
창문을 열고
기도합니다

오늘 하루도
솔잎처럼 예리한 지혜와
푸른 향기로
나의 사랑이
변함없기를

찬물에 세수하다 말고
비누향기 속에 풀리는
나의 아침에게

인사합니다

오늘 하루도
온유하게 녹아서
누군가에게 향기를 묻히는
정다운 벗이기를
평화의 노래이기를

_ 이해인

出處

박광수

사람과 세상을 향한 가슴 따뜻한 이야기를 담은 '광수생각'으로 평범한 사람들의 일상을 감동적으로 그려낸 대한민국 대표 만화가. 『광수생각』 외에도 『참 서툰 사람들』, 『살면서 쉬웠던 날은 단 하루도 없었다』, 『어쩌면, 어쩌면, 어쩌면...』, 『광수 광수씨 광수놈』, 『나쁜 광수생각』 등의 책을 썼다.

초판 1쇄 발행 2015년 9월 24일
초판 12쇄 발행 2024년 2월 19일

엮은이 박광수
그린이 박광수

발행인 이봉주 **단행본사업본부장** 신동해
디자인 이유미 @ MILLA ARIWAN **마케팅** 최혜진 이은미
홍보 반여진 허지호 정지연 송임선 **제작** 정석훈

브랜드 걷는나무
주소 경기도 파주시 회동길 20
문의전화 031-956-7208 (편집) 02-3670-1123 (마케팅)
홈페이지 http://www.wjbooks.co.kr
인스타그램 www.instagram.com/woongjin_readers
페이스북 www.facebook.com/woongjinreaders
블로그 blog.naver.com/wj_booking

발행처 ㈜웅진씽크빅
출판신고 1980년 3월 29일 제406-2007-000046호

© 박광수, 2015 (저작권자와 맺은 특약에 따라 검인을 생략합니다.)
ISBN 978-89-01-20535-9 04800